ID0833478

MME TIMIDE

et la Bonne Fée

MME TIMIDE
et la Bonne Fée

Roger Hargreaves

hachette
JEUNESSE

Madame Timide était la personne la plus timide
que l'on pouvait rencontrer.

À ce détail près qu'on ne pouvait pas la rencontrer,
car elle ne sortait jamais.

C'est pourquoi elle ne fut pas excitée quand elle reçut
une invitation pour le Grand Bal de madame Beauté.

Elle fut plutôt inquiète et nerveuse.

Elle voulait y aller.

Mais elle avait peur de tous ces gens.

Donc elle ne pouvait pas y aller.

Mais elle voulait y aller.

Madame Timide était face à un dilemme.

Prenant son courage à deux mains, elle appela
madame Bonheur pour lui demander quelques conseils.

« Savez-vous ce que je ferais à votre place ?
dit madame Bonheur. J'irais acheter une nouvelle paire
de chaussures. Cela redonne toujours confiance ! »

Madame Timide décida donc de suivre son conseil,
et se rendit dans un magasin de chaussures.

« J'aimerais acheter une paire de chaussures », dit madame Timide d'une toute petite voix.

« JE NE VOUS ENTENDS PAS ! cria madame Autoritaire, qui travaillait dans le magasin de chaussures. PARLEZ PLUS FORT ! »

Madame Timide rosit.

« Oooh, regarde ! cria madame Canaille.
Elle est en train de devenir toute rose ! »

« Ça alors ! » s'exclama madame Autoritaire.

Et elle avait raison. Madame Timide devenait
de plus en plus rose.

« Elle ressemble à un blanc-manger à la fraise ! »
ricana madame Canaille, méchamment.

Madame Timide était, à ce stade, rose depuis le haut
de sa tête jusqu'aux pointes de ses dents. Elle fondit
en larmes et sortit à toute vitesse du magasin.

Elle était si malheureuse qu'elle ne put réussir à dormir.

Elle s'assit devant le feu de cheminée et doucement, pleura sur son sort.

« Je n'irai jamais au bal », sanglota-t-elle.

« Oh si, tu iras ! » dit une voix lointaine.

Soudain, une boule de lumière entra dans la pièce et, devenant de plus en plus brillante, une petite femme aux cheveux grisonnants apparut en son centre.

« Qui êtes-vous ? » demanda madame Timide.

« Je suis ta Bonne Fée, dit la dame, gentiment.
Et tu iras au bal. »

« Mais je suis trop timide pour cela »,
dit madame Timide.

« Pas si tu as la paire de chaussures qui te convient »,
dit la Bonne Fée en agitant sa baguette magique.

Aussitôt dit, aussitôt fait, les pantoufles de madame
Timide se transformèrent en escarpins de verre.

Madame Timide n'avait jamais vu d'aussi belles
chaussures.

Puis, la chose la plus incroyable se produisit.

Madame Timide se sentit soudain en pleine confiance.

Toute sa timidité avait disparu !

« Mais tu dois te souvenir, l'avertit la Bonne Fée,
qu'au dernier coup de minuit le soir du bal,
ces chaussures redeviendront tes pantoufles ordinaires. »

Le soir suivant, madame Timide se rendit au bal,
où elle passa la soirée la plus merveilleuse de sa vie.

Elle dansa la nuit entière.

Tout le monde était ébloui par ses beaux escarpins
de verre.

Madame Timide n'était pas elle-même. Au point
d'être méconnaissable.

La fin du bal arrivant, madame Beauté monta sur l'estrade et fit une annonce.

« J'ai une surprise pour vous tous. Une récompense va être attribuée au meilleur danseur de cette soirée, et les membres du jury ont décidé de l'attribuer à… (elle marqua une pause)… la jeune fille aux escarpins de verre ! »

Pendant que madame Beauté parlait, la cloche de l'horloge sonna la premier coup de minuit.

En un clin d'œil, madame Timide se souvint
de l'avertissement de la Bonne Fée.

Elle ne pouvait pas s'enfuir et recevoir son prix
sans ses escarpins de verre. Madame Timide sentit
qu'elle commençait à rosir. Elle paniqua et s'enfuit
de la salle de bal.

Dans sa précipitation, elle perdit l'un de ses escarpins.

« Où est la jeune fille aux escarpins de verre ? »
demanda madame Beauté.

Mais personne ne la trouva. Elle avait disparu.
Ils ne trouvèrent qu'un escarpin…

« Je veux ma gagnante ! cria madame Beauté.
Fouillez le pays jusqu'à ce que vous la retrouviez ! »

Ainsi, les amis de madame Beauté partirent
à la recherche de la jeune fille dont le pied conviendrait
à l'escarpin de verre. Tout le monde réclamait le prix,
mais aucun pied ne convenait.

Madame Autoritaire et madame Canaille essayèrent
l'escarpin, et bien sûr, il n'allait à aucune d'entre elles.

« Ne devrions-nous pas l'essayer sur madame Timide ?
suggéra madame Canaille d'un air sournois.
Allons-y et regardons-la devenir rose ! » dit-elle
à madame Autoritaire.

« Oooh, comme nous sommes vilaines ! » ricana
madame Autoritaire.

Elles arrivèrent chez madame Timide.

Pauvre madame Timide. Elle ne savait pas où se mettre.

Et bien sûr, elle devint toute rose.

Mais pas aussi rose que madame Canaille et madame Autoritaire lorsqu'elles découvrirent que la chaussure allait à la perfection au pied de madame Timide !

Elles restèrent sans voix.

« Madame Beauté veut vous offrir votre prix
en personne », dit monsieur Heureux.

Le prix de madame Timide était en fait une paire
de ballerines de danse roses.

Sa Bonne Fée lui sourit pendant que madame Beauté
mettait les chaussures à madame Timide.

La pointure était parfaite.

Et les ballerines s'accordaient parfaitement
avec madame Timide.

Madame Timide fut alors très fière et très rose !

1	2	3	4	5	6	7	8	9
M. CHATOUILLE	M. RAPIDE	M. FARCEUR	M. GLOUTON	M. RIGOLO	M. COSTAUD	M. GROGNON	M. CURIEUX	M. NIGAUD

10	11	12	13	14	15	16	17	18
M. RÊVE	M. BAGARREUR	M. INQUIET	M. NON	M. HEUREUX	M. INCROYABLE	M. À L'ENVERS	M. PARFAIT	M. MÉLI-MÉLO

19	20	21		22	23	24
M. BRUIT	M. SILENCE	M. AVARE		M. SALE	M. PRESSÉ	M. TATILLON

LA COLLECTION MONSIEUR
c'est aussi
49 personnages

25	26	27	28	29	30	31	32	33
M. MAIGRE	M. MALIN	M. MALPOLI	M. ENDORMI	M. GRINCHEUX	M. PEUREUX	M. ÉTONNANT	M. FARFELU	M. MALCHANCE

34	35	36	37	38	39	40	41
M. LENT	M. NEIGE	M. BIZARRE	M. MALADROIT	M. JOYEUX	M. ÉTOURDI	M. PETIT	M. BING

42	43	44	45	46	47	48	49
M. BAVARD	M. GRAND	M. COURAGEUX	M. ATCHOUM	M. GENTIL	M. MAL ÉLEVÉ	M. GÉNIAL	M. PERSONNE

1	2	3	4	5	6	7
MME AUTORITAIRE	MME TÊTE-EN-L'AIR	MME RANGE-TOUT	MME CATASTROPHE	MME ACROBATE	MME MAGIE	MME PROPRETTE
8	9	10	11	12	13	14
MME INDÉCISE	MME PETITE	MME TOUT-VA-BIEN	MME TINTAMARRE	MME TIMIDE	MME BOUTE-EN-TRAIN	MME CANAILLE
15	16	17			18	19
MME BEAUTÉ	MME SAGE	MME DOUBLE			MME JE-SAIS-TOUT	MME CHANCE

LA COLLECTION MADAME
c'est aussi
40 personnages

20	21	22	23	24	25	26
MME PRUDENTE	MME BOULOT	MME GÉNIALE	MME OUI	MME POURQUOI	MME COQUETTE	MME CONTRAIRE
27	28	29	30	31	32	33
MME TÊTUE	MME EN RETARD	MME BAVARDE	MME FOLLETTE	MME BONHEUR	MME VEDETTE	MME VITE-FAIT
34	35	36	37	38	39	40
MME CASSE-PIEDS	MME DODUE	MME RISETTE	MME CHIPIE	MME FARCEUSE	MME MALCHANCE	MME TERREUR

Dépôt légal : Juillet 2010
ISBN : 978-2-01-225211-0 / Édition 02
Loi n° 49-956 du 16 juillet 1949 sur les publications destinées à la jeunesse.
Imprimé et relié en France par I.M.E. à Baume-les-Dames.